KB201754

시간의 깊이

황금알 시인선 314

시간의 깊이

초판발행일 | 2025년 6월 17일

지은이 | 하갑수
펴낸곳 | 도서출판 황금알
펴낸이 | 金永馥
주간 | 김영탁
편집실장 | 조경숙
표지디자인 | 칼라박스
주소 | 03088 서울시 종로구 이화장2길 29-3, 104호(동숭동)
전화 | 02)2275-9171
팩스 | 02)2275-9172
이메일 | tibet21@hanmail.net
홈페이지 | http://goldegg21.com
출판등록 | 2003년 03월 26일(제300-2003-230호)

*이 책 내용의 전부 또는 일부를 재사용하려면 반드시 저작권자와 황금알
  양측의 서면 동의를 받아야 합니다.
*잘못된 책은 바꾸어 드립니다.
*저자와 협의하여 인지를 붙이지 않습니다.

시간의 깊이

하갑수 제2시집

황금알

온갖 바람 모두 지나간 수면
금은빛 뿜으며 고요한 심연

작은 돛단배 띄워
인생길 다듬으며
시 숲에 빠진다

자잔한 시어 낚으며
보내는 한나절

망구望九 풀섶에 열린 작은 길
흰구름 둥둥 떠가는 돛단배
작은 마음 실어 보낸다

2025년 4월
마산 청량산 아래에서 석천 하갑수

차 례

1부 자연 속으로

2부 작은 마음

3부 좁은 길의 흔적

4부 흐르는 시간 속에서

1부

자연 속으로

들에 피어야 들꽃이지

들에 핀 들꽃
오가는 사람들 사랑받고 싱글벙글
밭이랑에 핀 들꽃
잡초로 버림받아 대성통곡

교실에서 펼쳐진 언행과 논쟁
자신을 키우는 촉매제
술좌석에서 펼쳐진 언행과 논쟁
자신을 잃는 촉매제

때와 장소에 따라
가치 척도 달라도

배려와 작은 마음 살피는 언행
들꽃처럼 사랑받겠지?

그래, 그래
들에 핀 시 호수에 목욕하면
마음마저 맑아져 더 많은
사랑받겠지?

봄

가만가만 소리 없이 내리는 보슬비
움츠린 가지 슬그머니 간지르니
눈곱 털고 기지개 켜는 새눈
새 희망 안고 창을 연다

가지에 돋아난 새순처럼
새 희망 듬뿍 담아 어깨에 살랑 메고
초롱초롱 눈망울 굴리며
엄마 손 부여잡고
팔랑거리는 유치원 입학생

맹꽁이 합창단

무슨 불만이 그리 많아
밤새도록 울부짖고 있느냐?

아니야,
아니야,
목청껏 노래하는 중이야.

온종일 소리 높여 불러도
목이 쉬지 않는
타고난 노래꾼이군

흩어져 띄엄띄엄 발성 연습
숲속 웅덩이에 모여들어
합창을 한다

어느 날은 슬픈 단조곡 노래
어느 밤은 명쾌한 장조곡 노래
비 온 날은 국악한마당 잔치를 펼친다

어릴 적 잠을 설친 소리 노래가 되고
수련이 떠 있는 고향 연못
홀로이 걷고 있다

까마귀

빵을 담아둔 종이 가방
행방이 묘연하여 의심받은 캐디

가방 속에 숨겨둔 바나나
지퍼 열고 훔쳐 갔다

굿샷을 외치며 운동에 집중할 때
검은 망토 의젓하게 걸치고
카트에 숨어들어 재빠르게 훔친다

먹거리 없으면 장난을 걸어와
자기 놀이감인 양 골프공도 물고 간다

'까마귀 날자 배 떨어진다'는 누명
'까마귀 고기 먹었냐'며 건망증 취급
억울함 벗으려 보란 듯 훔치는구나

늙은 부모께 먹이도 물어주는
갸륵한 효조孝鳥라 칭송하고
오작교 되어 사랑을 이어준
높은 희생정신 우러러라

벚꽃 축제

젊음이 많은 아파트 단지
벚꽃 축제가 열렸다

꽃샘에 웅크린 꽃망울
한꺼번에 터뜨린 봄바람
꽃잎 뿌리며 꽃축제를 알린다

벚나무 아래서 졸던 영산홍
축제 소리에 눈 떠 살피고
춘풍에 친구들 깨우느라 분주하다

성질 급한 붉은 영산홍
외출복 갈아입고 외출을 한다

근처엔 웃음 머금은 목련 산수유
상당화 싸리꽃 튤립 수선화…
축하 사절 보내와 새봄을 합창한다

터줏대감 까치 부부
새순 틔운 가지에 걸터앉아
축하노래 부르며 꽃잔치를 즐긴다

아까시꽃

꽃잎이 무거워 꽃가지 늘어뜨린
갈뫼산 아까시나무 사이엔
달콤한 향기 머금은 산새들이 노닌다
내뿜는 꽃향기 속
사랑스런 여인의 체취 흐르고
꽃내음 따라 그리움을 맡는다
대지 위에 흩뿌려진 향긋한 꽃잎
꿈 어린 달콤한 모자이크
누이 꿈 담긴 옷고름

칡넝쿨

혼자서 즐거이 가꾸는 아담한 텃밭
맛있는 공기가 흐르는 나의 놀이터
사색이 있고 인생의 가르침도 있다

감촉 좋은 해풍과 산속 해맑은 공기
절친한 친구처럼 항상 받아들이니
자연스레 키우는 자식들
적은 병치레로 평화로운 삶을 즐긴다

밤마다 살금살금 기어 나와
어느새 과실나무와 친구라도 된 듯
아끼는 자식들의 팔을 휘감고 있다

매미1

저토록 작은 몸에서
지구를 흔드는 소리가
튀어나올까?

누굴 찾느라
온몸으로 노래하나?

멀리 있는 님 부르느라
그토록 높은 음을 아침부터 토하냐?

살랑바람 지휘에
떼창으로 존재 의미 알리고

태양이 대지를 볶을 땐
너의 노래는 펄펄 끓는구나

집도 짓지 아니하고
욕심 없이 검소하게 살면서

대지를 흔든 당당한 외침
바로 지금 최선의 반짝 삶이
눈부시구나

바닷속 금빛 보석

식탁 위에 곱게 누운
노란 향이 먼 옛날 바닷속으로
나를 밀어 넣는다

대우 조선소가 들어서기 전
고요한 어촌 바닷가를 걷고 있다

아침 바닷가에 밀려온 미역들 춤추고
술래놀이에 빠진 숭어들
꼬리 튕기며 노니는 자갈밭
첫 교직생활이 잔물결로 함께 숨 쉰다

고무 튜브 바다 위에 걸어 놓고
잠수하여 바라본 금빛 보석들
빛을 뿜는 멋자랑 경연장
일격에 체취 못하면 강한 응집력

해풍과 구름을 벗하며 토하는 멍게 향
바다도 취하여 잠시 파도질을 멈춘다

내 젊음이 상큼 달콤한 노란 향에 묻혀
바닷속에서 노랗게 물들었다

열매가 익기까지

녹색 잎에 매달린 햇빛
이 잎 저 잎 뛰놀며
춤사위를 펼친다

작은 봉우리 그득 안고
웃음꽃 피운다

깜깜한 지하 어둠 속 묵묵히
생명수 뽑아 올린 잔잔한 뿌리
보이지 않는 힘을 싣는다

산들바람 토닥토닥 등을 쓸고
휘파람 격려 속 어린 열매
흥겹기만 하다

열매가 익기까지
여러 에너지가 모아진다

한 편의 시가 익을 때도 그렇다

양다래 꽃봉오리를 솎으며

명지바람에 이끌려 찾아간 놀이터
정리된 가지 사이로 콩만 한 꽃봉오리
주렁주렁 매달려 교만을 피운다

내 머릿속 풍경이다
피지 못한 숱한 생각의 낱알들
봄바람이 실어 가려나?

나에게 달라붙은 욕심과 질투
분노와 피로의 알갱이를 자르듯
불필요한 봉오리를 솎아낸다

희망과 열정을 뽐는 꽃봉오리
애정이 담긴 미래

마음 문 열어젖혀 벌 나비 반겨
맑은 시어 꽃 활짝 피어 보리

무서운 재앙

지구 곳곳에서
일고 있는 쉼 없는 전쟁들

지구 표피를 펄펄 끓이고 찢는
폭염과 가뭄과의 전쟁

지구 피부를 벗기고 쓸어가는
태풍과 홍수와의 전쟁

지구 살갗을 태우고 파괴하는
산불과 해일과의 전쟁

그 위에
인간이 인간을 참혹하게 죽이는
국가 간의 전쟁까지

지구와 인간을 보호하고 달랠
상생의 길은,

갈대숲

거대한 공연장이다

멀리서 싣고 온 바다 노래
음률에 맞춰 춤추는 파도
흰 깃발 양손 들고 열광하는 여심들

마음과 몸은 흥겨운 트로트
가락 속에 묻히어
여심과 하나 된다

지나간 젊음이 하얀 깃발 속에 안긴다

폭염

비상시국이다

바깥출입을 자제하라는
카톡 계엄령이 내려졌다

폭염 당국의 허가증을 들고
겨우 바깥출입을 한다

문 밖엔 불칼 든 병사들
바글거리며 떼지어 위협하고

길거리엔 지친 차량만 엉금엉금
사람들은 별반 보이지 않는다

거실서 함께 노닐 영상 친구 위로 속
한나절을 훔친다

비상시국에 불어오는 시원한 바람
파리 올림픽에서 날라온 금은동 보석 바람

불칼 든 병사도 쓰러져 졸고 있다

고매 古梅

하얀 검버섯이 수없이 돋아난 얼굴
터져 갈라진 마디마디
불그스레 솟아 오른 꽃봉오리
매서운 찬 서리 속에서 새봄 알리는
해맑은 정신이 담긴 꽃

아래로 꽃피워 겸양지덕 갖춘
시류에 물들지 않는 올곧은 선비의 표상
고매 아래에서 시회詩會를 열고
시서화를 즐긴 옛 선비들 탐매*정신

천연기념물로 지정된
구례 화엄사의 화엄매인 홍매화
달빛이 윙크하는 고매 아래에서
옛 선비의 탐매 정신을 그려본다

고매의 고귀한 꽃망울처럼
검버섯과 흰머리 솟구친 여든에
고운 시 한 수 피울 수 있으려나…

* 탐매 : 고매를 감상하는 일

아라 홍련

따가운 칠월 햇살 즐기며
품위 있고 우아한 모습으로 꽃피운
당신을 흠모하기 위하여
수많은 사람들이 모이는구나

당신의 청결한 자태
깨끗한 마음을 받아
극락세계의 신성한 꽃으로
환생하곺은 소망을 품고…

칠백년전 고려시대 연자가
함안군 성산산성에서 발견되어
고귀한 아라 홍련으로 환생하셨네

큼직한 꽃송이와 긴 꽃잎은
목이 긴 미인처럼 아름다움을
멀리멀리 퍼뜨리려는 뜻이리

붉은 옷 살짝 걸치고 환생한
아라 홍련에 취하여 단아한
고려 여인의 청결한 모습이
아련하구나

하얀 구름의 연출

파랗게 펼쳐진 크나큰 무대
티 없는 하얀 구름들 연극을 한다

웃고 있는 심청이, 울고 있는 장화 홍련
춤추는 춘향과 이도령

연극에 빠진 숲들과 까치
변화하는 구름 연출에
옷매무새를 다듬는다

눈부신 구름 모습에 햇살마저
꼬리를 사알짝 수그리니
지나는 후덥지근한 바람
부끄러워 몸을 낮춘다

황매산 黃梅山

사시사철 전설 품은
노오란 매화꽃 형상의 황매산

오월엔 화려한 꽃구름 철쭉꽃으로
가을엔 금은빛 물결의 억새꽃으로
전국의 선남선녀 끌어들이네

삼봉三峰우리 암술머리 아래
누런 억새 수술 꽃들 춤추는 평원

황매산 정기 그득 고인 삼봉
일봉一峰의 무학대사 이봉二峰의 남명선생
새로운 선각자를 기다리는 삼봉

부처 눈에는 부처만 보인다는 가르침
경敬과 의義를 강조하신 실천중행의 가르침

황매의 정기精氣 담긴 두분 선각자 말씀
늦가을 포근한 공기주머니에 쌓여
선남선녀 가슴에 가만가만 내린다

동장군 冬將軍

그토록 수다 떨던 나무들
모두 입을 닫았다
흥겨운 멜로디 선물하던 개울물
입을 닫고 차갑게 말이 없다
침묵은 금이라고 뽐내던 바위
입을 꾹 깨물고 있다

삼일 동안 말 문이 막혔다
부부간 냉전 중이다
아이들의 재잘거림도 닫혀 버렸다

그토록 많은 이야기 속삭여 준 난초
고개 떨구고 시무룩이 말이 없다

너는 내면 깊숙이 파고들어
차가운 수양 훈련 시키고 있구나

자신을 폭넓게 성찰하라는 매서운 가르침
겨울장군다운 채찍이구려

2부

작은 마음

우선해야 할 삶

자식이 자식의 자식과 웃으며 말잇기 놀이
자식과 자식의 자식이 손잡고 노래하며
눈빛이 마주치고 미소가 뒹구는 시간

부끄럼과 뿌듯함으로 바라본
시선 저편에서 밀려오는 주름진 눈빛
자식의 자식이 되어 본다

언행을 선과 악으로만 판단
자식에 대한 엄한 가치 기준
따뜻한 정情의 용광로에 모두 녹아 내리네

자식 한번 살갑게 품지 못한
뻣뻣한 권위가 소리 없이 허느적 거리고

가정보다 직장이 우선이었던 삶
되돌아온 부끄런 화살, 그나마
자식과 자식의 자식은 새 길을 가고 있네

잠시 외출한 정情

살아오며 남몰래 쌓은 부끄런 일
내가 나에게 고해성사를 합니다

가족과 떨어져 혼자 기거한 시절
생기 넘친 情이 잠시 외출하여
마음에 남모르는 비밀의 창이 생겼지요

새어나간 못난 정情
오래지 않아 주인에게 들켜
금 간 情 붙이는데 쏟은 시간들…

情의 얼굴 바꾸는 모진 세월
활어같이 파닥거린 정
사과처럼 향긋한 정
김칫속같이 발효된 정
물 먹고 되살아나는 고사리 같은 정

두터운 신뢰의 정 쌓인 갑옷 입으라고
굴곡진 주름이 오밀조밀 나무랍니다

그리움 3

사진첩에 숨어 간혹 뵙는 얼굴
입속에 번지는 장조림 깻잎 속
짭조름한 맛의 여운
감기열 식히신 이마 위 손길

나를 잊지 않게 일깨워 준 회초리
고향을 잃지 않게 안내하는 나침판
하얀 눈썹 긴 세월
변치 않는 색깔

그 길 안에 들면 때 묻지 않는
나를 만난다

사진첩 속 잠자는 그리움
가만히 불러본다

들킨 마음

몰래 숨겨둔 주머니 속 비상금
세탁소 입구에서 들키듯
가슴 깊이 숨겨둔 마음
술 취해 슬쩍 들켜 버렸지

한창 때 곳곳에 숨긴 마음들
한 울속에 오래오래 살아오며
앙큼한 술래에게 잡히고 말지

낯짝과 눈동자 속으로
슬쩍슬쩍 고개 내민 마음
오래지 않아 그만 들켜 버리지

벚꽃의 반란

벚꽃 축제 열렸지만
열리지 않는 벚꽃 입술

꽃축제 공연 준비 중에
꽃샘의 매서운 꾸지람
눈치 살피며 함초롬히 눈만 깜빡거린다

촉촉한 봄비가 가만가만 토닥이니
9회말 홈런에 일제히 기립 함성 터지듯
한꺼번에 꽃피우며 일으킨 반란

늦게 펼쳐진 진해 여좌천
활짝 벌어진 벚꽃 입술들
붉은 연지 꽃 벌어진 여인 입술들
벚꽃과 여인 꽃의 합동 공연장

시선 빼앗는 입술 입술들
꽃향기에 세월마저 춘풍에 업혀
둥둥 떠간다

목련과 해바라기

높은 곳 향한 그리움
달님 향해 입 벌린 목련
해님 향해 몸바친 해바라기

달빛 사랑 품으려는
모성 깊은 하얀 꽃
이글대는 태양에 전신을 던지는
정열의 둥그런 얼굴

목련, 꽃 속에 숨은 어머니 마음
해바라기 꽃 속에 담긴 아버지 열정

봄 여름 가을마다
부모님을 뵙는다

봄향기 택배

남쪽 지방 양지바른 바닷가
남몰래 사알짝 찾아온
부드러운 봄향기 몰래 훔쳐
서울 사는 딸에게 택배로 보낸다

그곳은 아직
늦둥이 백설이
봄을 덮고 있으니…

사랑이 필요해

7월 장마 틈새 따가운 햇빛 피해
이른 아침 열흘 만에 찾은 텃밭

매년 키워온 고추 너댓 포기
가지 세 포기, 호박 두 포기…

어안이 벙벙했다
고춧잎이 모두 뜯겨
줄기만 앙상하게 남아
주인을 원망하며 흐느적거린다

그리움에 떨고 있는 고춧잎
얄미운 고라니가 사랑을 몽땅
훔쳐 가버렸다

농작물도 주인의 발소리를 들으며
사랑을 먹고 탐스럽게 자란다는데

사랑을 주지 못한 미안함이…

여든 여행

첫 시집 안고 제주도 간다
자식들이 만들어 준 크나큰 호강
몸과 마음이 하얀 구름이 되었다

고마운 동반자와 함께 걷는 올레길
살아온 여정만큼 무릎이 시리다

서귀포항에서 바라본 낙조
마지막 토하는 한 움큼의 붉은 빛

젊음을 되새김한 성효원 꽃길
어려운 시절 되살여준 준 구릉길
동반자 가슴에 파인 구멍
허공에 날린 화산 분화구

곤하게 잠든 반려자 옆모습
가만히 만져본 주름진 손등

지금까지 동행한 은총에 빛난다

사무엘 울만이 노래한 노년의 정열
아침 햇살과 함께 호텔 유리창에 쏟아진다
새롭게 움튼 열정의 씨앗

텅 빈 화분

꽃샘추위가 앗아간 소철 두 그루
텅 빈 화분이 입 벌려 울고 있다

출가한 두 딸의 빈자리 같아
상추와 깻잎을 심었다

새 식구 맞은 화분 속 여러 친구
잎 벌려 환호하고 온몸을 흔든다

빈자리엔 새로움이 채워지고
활기찬 삶은 계속 이어진다

여든에 맺은 인연

청량산 병풍을 두르고
쪼개어 엎어진 반쪽 사발 가운데
뒷산과 키 재기 하는 아파트

소나무 미루나무 참나무 벗나무
아까시아 잡목들 속살거리고
산까치 뻐꾸기 직박구리 맷새들
아침 문안 인사 받으며…

어둠이 내리면 산등성이엔
웃음 머금은 어머니 얼굴
깜깜한 허공엔 멀리 떠난
누이의 다정한 눈빛이 내려와
못다 한 옛얘기 들려주고…

싱그러운 공기와 수풀이 불러 준 곳
여든에 맺어준 새 인연
시 향기 맡으며 새 이야기 속삭이리

서운한 가을

과일같이 곱게 익은
손주 거느리고 왕창 찾아와
하룻밤 시끌벅적
낙엽처럼 음식 찌꺼기 흩뿌리며
그리움 한 바가지 남겨 놓고
훌쩍 떠나버린
서운함

가을 같구나

연탄불

종이와 나무는 자신을 태우고
형체도 없이 사라지지만
그대는 엄청난 열정을 오랫동안 태우고
색깔만 변할 뿐 형상은 그대로다

부러워할 불꽃이
스르르 감기어질 때
구멍이 딱 맞는
자식에게 불씨를 이어준다

아들에게 열정과 사업체
물려준 아버지
뜻이 잘 맞아야
성공적으로 이어진다

자신의 온몸을 활활 태워
후손에게 그 열정을 넘겨주고
비록 하얗게 사그라지지만…

자색 양파

텃밭의 가르침 따라
십 년 넘게 재배한 작물

잡초 습격 비켜 가고
병충해 공격 따 돌리며
손쉽게 키우는 우수한 품종

까도까도 여린 엉덩이만 보여 주는 미끈함
할배 수염 같은 하얀 뿌리의 정감
둥글둥글한 알찬 삶

달짝지근하고 깔끔한 입맛
짜장면과 단짝된 익숙한 친구

항산화 물질이 많은 동그란 보약
먹기 좋게 변신한 빠알간 즙

만인의 연인

온갖 푸념과 슬픔 녹여 주고
갖은 기쁨과 추억 품어 주며
수많은 토사물까지 쓸어 담아
음악으로 되돌려 주는구나

브람스 자장가를 들려주고
슈베르트 세레나데 들려주며
베토벤의 비창 소나타도 연주하구나

거대한 공연장이 된 바다
파도는 하얀 건반으로 춤추고
흥에 겨워 소리소리 지르는 갈매기
뜨거운 박수갈채로 흥겨운 몽돌
입 벌려 축포로 화답하는 조개들

모든 것 가슴에 품고 품어
쉼 없이 공연을 펼치는 너

행복 찾기 놀이

첫 햇살 피어오르면 행복 줍는 놀이터
이곳저곳에서 희망 부르는 소리소리

여러 색깔 옷 입은 요술 구슬
갖가지 사연과 우정 둥글게 말아
꼬불꼬불 언덕길과 수풀을 헤집고
가깝고도 먼 행복집 향해 달린다

도깨비방망이에 주문 걸어 휘둘러도
숲속으로 숨어버린 요술 구슬
무단침입한 통제불능 요술 구슬
심술 사나운 요술 구슬은 폭력도 저지른다

쉽지 않은 행복의 길
잘 걸린 주문 행복집에 찾아들면
축하 세례 속 크나큰 행운
새 생명 싹이 솟는다

요술 구슬에 담긴 삶의 작은 놀이길
지나는 바람이 등을 쓸고
따사로운 햇살은 에너지를 담아 준다

오늘도 또 내일도 작은 행복 찾으려
희망찬 발걸음 발걸음이 줄을 잇는다

어머니의 환생

이 옷보다 저 옷이 좋겠네
술은 쬐끔만 마시고 담배는 끊어요
목소리가 크니 음성을 낮추세요
어머님이 환생하셨다

나이 들면 단백질이 중요하니
돼지고기도 먹고
야채와 과일은 필수이니 외면 말고
계란은 완전식품
두 개 이상은 꼭 먹어요
어머님이 환생하셨다

매일 매일 바쁘다
합창 연습, 기타 공부, 아카디온 연주
수영까지 열심이다
자기 일에 빠진 날
어머님도 빠진 날

서약

둘의 뜻을 담아 하나가 되려함은
사랑과 이해의 화원 가꾸려는 노력이며
나 속에 또 다른 나를 키워가는 길이요

인생의 가는 길은 모두가 다르다오
하루하루 생활들이 역사를 창조하듯
처음의 순수한 마음 보듬으며 엮으소서

아버지 유산

아버지는 무학이셨다
아버지 학력이 언제나 부끄러웠고
내 인생에 좋은 멘토가 아니라고 믿었다

머리끝에서 발끝까지 부지런 다발
전신에 덮어쓰고 사신 분

무거운 지게 짐을 뒤에서 밀어주고
언제나 땀에 젖은 옷 냄새 맡으며
우물가에서 등물 적셔 준 추억
흙 빛깔 살냄새를 맡고 자란 청소년

학력을 갖춘 내가 아버지 되어 보니
나의 자녀에게 적절한 멘토 되지 못하고
속 차지 않은 배추 같은 삶을 살고 있더라

팥 심은 데 팥 나고 콩 심은 데 콩 난다는
흙의 가르침에 순응하신 근면한 삶
자연의 순리와 상식을 믿고 따른
묵언 속에 남긴 크나큰 유산…

3부

좁은 길의 흔적

숨은 그림자

어릴 때 즐긴 그림자밟기 놀이
잡히지 않게 돌고 돈 운동장
밟힌 그림자는 퇴장되었다

긴 세월 잊어버린 그림자
세월이 그림자를 불러낸다

남모르게 스스로 만든 그릇된 그림자
마음 한쪽에 웅크려 잠자다
불쑥불쑥 튀어나온다

공직 생활 중 몰래 받은 뒷돈 그림자
여인에게 행한 장난 같은 성추행 그림자
술 취해 상대 가슴에 던져진 망언 그림자
수많은 그림자 그림자 그림자

가만히 혼자 하는 그림자밟기 놀이
숨은 그림자 하나하나 잡아내어
제사 지방 사르듯 태워야지

자유인의 문턱에서

퇴임 전 찾아온 경고용 대장암 덩이
흘러버린 시간과 앞날의 삶 연결하며
인생괘도 수정하라는 지혜의 열쇠뭉치

아랫배에 파헤쳐진 크고 작은 여섯 개 흔적
묻혀있든 낱말 일깨워 주었으니
자각의 병 키워 스스로를 최면시켰다

공직생활 사십 이년 압축하여 펼쳐 보니
베풂은 적게 하고 도움만 받은 삶들
나머지 인생길 어렴풋이 열린다

욕심과 불만족을 키워온 마음 텃밭에
배려 봉사라는 새로운 토양 만들어
사랑과 감사함 길 가라는 자유인이 되라 한다

안갯길

나 홀로 가만히 걷는 길
희미한 길이다
멀리서 부르는 노랫소리에 끌려
더듬더듬 걷는다

전신에 촉촉이 안개옷 걸치고
무거운 걸음에 눈만은
황소 눈망울

쉬엄쉬엄 비틀걸음
서툰 노래 웅얼거린다

백내장 같은 흐릿한 시야
밝은 시의 빛으로
안갯길 걷어 내려나

햇병아리의 작은 소망

이십여 일 따뜻한 엄마 품
갓 깨어난 햇병아리
부드럽고 순한 먹이만 먹는다

날개 없고 발이 짧아
멀리 갈 수 없어
작은 소리로만 삐약거린다

먼지를 일으키는 날갯짓으로
초가지붕에 올라 큰 소리로 노래하는
꿈을 꾼다

어쩌다가

모임 일시 적어 놓고
시 감상에 빠져 놓쳐 버렸다

아내와 약속 시간 정해 두고
친구와 시낭송에 빠졌다

자주 가는 골프장을 지나쳐
다른 골프장에 갔다 왔다

병원 가는 자동차 속에서
시의 씨앗 찾느라 지나쳤다

어쩌다 이런 일이 생겨도
시의 머리카락만 그려진다면…

제발 제 발이 재발하지 않길

제 발을 혹사한
벌을 받고 있다
허리 수술 후
제 발이 재발한 것이다

제 발의 고마움을
늦게 깨달은 어리석음
벌이 무서워
제 발을 감싸고 아낀다

조금씩 좋아지는
제 발에게
제발 제 발이 재발하지 않길
제 발에게 염원해 본다

가슴에 불덩이 하나라도

살다 보면 허전할 때가 많다
하늘의 구름이 보이지 않고
바람 소리도 들리지 않을 때가 있다

문득문득 스며드는 그리움이 있다
옛 여인에 대한 그리움
멀리 떠난 친구에 대한 그리움
일찍 이별한 어머니의 그리움
놓쳐버린 꿈의 그리움

가슴에 그리움의 불덩이
하나쯤은 키우자
시에 대한 그리움의 불덩이면…

꺼지지 않을 생의 불덩이 되게

책갈피

무의식으로 밀쳐진 그곳
눈길과 관심 밖에서
묵묵히 인고하는 기다림

폭포처럼 쏟아지는 지식보다
가랑비에 서서히 젖길 소망한다

너무 긴 책장 속 시간
잊혀지는 아픔 참으며
오늘도 사랑을 기다린다

다茶나눔의 틈새

좋은 생각 품은 다인들의 만남
다를 즐기고 교류하며
움트는 운기運氣 속에 맑은 인연 심는다

다양한 가치관 서로 존중하며
녹차를 사랑하는 마음 하나만으로
맑은 생각 나누는 시간들을 담는다

근현대 한국 차역사茶歷史의 거봉
영남의 최범술, 호남의 허백련 선생
후예들의 차 생활에 방향감이 흔들린다

녹차를 즐겨 마시는 일이 먼저요
예절과 형식은 그다음에 가는 길이며
색, 향, 맛은 스스로 체득하는 자기 것이리

차 한잔 우리는 생활 여유 찾으며
고운 인연 다인들 마음 틈새
쌓이는 소도록한 정 한 바구니

감기와 짝사랑

가만히 홀로 사르르 피어나는 열정
자신의 내부에서 스스로 불타올라
전신을 옮겨 가며 대퇴부를 울린다

가슴속 깊은 곳에서 솟아오른 열정
한 곳에 집중되어 생각들 마비시키니
감기와 짝사랑 열병 내 몸속에 자란다

원죄原罪

인간은 태어나는 그 시간부터 원죄의 굴레를 쓰니
구원받기 위해 종교에 위탁하나 보다
일흔을 더 넘은 시간들을 흩날려 보내면서
수많은 죄의 덫에 걸려 있으니

무의식과 의식의 구별도 없이
황토물에 담겨진 입술의 나불거림
무수한 죄들을 뿜어 내기에 바빴다

초조한 영혼에 꽃 한 송이 새롭게 틔우고
내 속 모든 찌꺼기 가라앉혀 보려는
갈망을 담는다

내 영혼 어루만질 하얀 마음
바다가 되고 꽃망울이 된다

내 몸을 시험해 보니

오늘은 신경외과 약 처방 받는 날
벌써 일 년 동안 출근하고 있다
허리 협착증 수술을 하고도
다리를 절룩거리기에…

발가락 발바닥에 흐르는 강한 전류
허리 신경계가 짜증을 내고 있다
아침저녁으로 매일 먹는 약
오랫동안 먹어도 전류는 계속된다

담당 의사는 세월에서 답을 제시한다
평생 친구로 보살피라 했으면
내 마음이 더욱 커졌을 텐데

보름째 약을 끊고 있다
약 없이 걷는 자연 치유법에
수술한 허리를 맡겨 본다
자연이 바른길을 이끌어 줄지…

마음으로 먹는 비타민

눈을 뜨면 먹는 세 알의 시
눈과 마음에 햇살이 스미고
머리카락이 조용히 내려앉는다

잠자기 전 먹는 세 알의 시
머릿속에 숨어든 시향
꽃 꿈 꾸며 나의 길을 안내한다

일찍 떠난 누이의 미소
어머니가 가리키는 손길을 만나면,
구름으로 이곳저곳 소식 전하고
꽃이 되어 여인의 코도 간질이며
별과 달이 되어 생의 등대도 된다

시집에서 꺼내 먹는 시의 알
마음의 평화 위해 먹는 비타민

세 알의 비타민을 삼킨 오늘 밤
사랑의 마술사 되어 첫사랑 찾으리

허세虛勢

수수밭에 허수아비를 세우니
주인인 양 뽐낸다

태권도를 배우며 뽐내던 언행
짝퉁 명품 시계로 자랑하던 일
술집 아가씨에게 펑펑 쏟은 팁
왕년에 잘 나갔다고 유세 떨던 일

살아오며 많이도 부린 허세
찡그린 허수아비가 야릇하니 웃는다

실속 없이 겉으로 포장한 허세 글
허세 문학 속에 솟아나는 허수아비

때때로 찾아드는 허수아비 얼굴
씻을 맑은 시 한 사발 마시리

공복에 먹는 시 한술

이른 아침 눈을 뜨면
시 한술을 먹는다

어제는 한 숟갈만 먹어도
포만감에 빠졌는데
오늘은 다섯 숟갈 먹어도
허기가 진다

일상화된 입맛
혀에 이상이 생겼나?
소화기능이 약해졌나?

공복에 먹는 시 한술
샛별 양념 넣어 맛보면…

도다리쑥국

개울가엔 아직 살얼음이 의젓한데
봄이 먼저 찾아온 마산 어시장
여기저기서 손짓한다

겨울옷을 두껍게 입은 아주머니 앞
하얀 배를 자랑하며 큰 고무대야 속
펄떡이는 도다리
길거리엔 부지런 손길로 다듬어진
어린 새끼 쑥

봄 향이 식탁에서 피어난다
쑥향 깃든 봄 도다리국
입속에서 녹는 부드러운 봄맛
몸 구석구석으로 스며드는 봄향기

도다리쑥국 몽글몽글 피어오르듯
봄 시 한 수 피워 올릴
구상에 젖는다

창을 열고 봄을 불러본다

제자 친구

선생님!
오늘 저녁 모임 아시죠
6시에 뫼시려 가겠습니다
가끔씩 들여오는 전화 목소리
연인 음성 같아 설렌다

환갑이 가까워진 제자 친구
수년간 이어온 술자리
농담도 오가는 사이로 승화되었다

모두들 어려운 시절
운동회 연습으로 땀을 빼고
어려운 덤블링 훈련 땐
칭찬과 기합도 주어졌다

교과목 평가 결과 자신의 목표 점수
미달된 숫자만큼 매를 맞고
점심시간 분단별로 둘러앉아
반찬과 정을 나눠 먹던 일
종종 집어내어 술안주로 웃음을 토한다

허리 강화법과 골프 기술
갖은 정보를 제자에게 배워가며
함께 늙어가는 마음 편한 친구

강물에서 낚은 시어

사유思惟의 강물에
낚싯대를 드리운다

더 넓은 하늘에
흘러가는 구름 한 점
잔잔한 강바람은
옷깃에 스미고

수많은 언어言魚들이
노니는 강물

낚시에 걸려 팔딱거린
작은 시어詩魚 두어 마리

오늘의 낚싯대에
큼직한 시어 하나
낚아채려나

그 속에서 낚은 시어
나만의 어탕語湯 한번
끓여 봐야지

가슴에 박힌 화살

7월 장마에 무섭게 밀어닥친 손님
하수구가 넘쳐 부엌을 삼키고
아랫방까지 점령했다

바가지, 양동이, 대야로 무장한
가족 전사들의 쉼 없는 노젓기

많은 땀과 빨랫감, 깊은 한숨
먼 옛적 즐거운 추억이 되는데…

초등학교 저학년 교실
숙제로 외지 못한 구구단
골마루에서 손들고 외운 기억

지금껏 가슴에 박힌 하얀 화살
부끄런 통증을 안긴다

환생한 백련 한 송이

창으로 슬쩍 찾아온
겨울 햇살 곁에 앉히고
거실에서 여름을 마신다

큼직한 유리 다관에 담겨진
냉동 백련꽃 한 송이

뜨거운 물을 먹고
서서히 옷을 벗는 백련
곱게 환생하는 연꽃 속 녹찻잎
덩실덩실 춤춘다

연녹향이 콧속에서 헤엄치고
품위 있는 혀는 가만히
사색에 잠긴다

어느새 육신은 햇살 타고
사바세계를 떠나
맑은 하늘을 날고 있다

환생을 위해 흔적 남기고
분신 같은 시집도 남기나 보다

4부

흐르는 시간 속에서

새로운 노우老友

한 방향 같은 목표 향하니
동지 의식 싹튼다

함께 웃고 솟은 땀 속
정이 담겨 줄줄이 흐른다

파트너 되어 걷고 걸으니
파란 잔디 생기가 솟구친다

흘린 땀만큼 채워지는
맥주 거품에 활력이 부풀리고

새롭고 빠르게 연결해 준 노우老友
파크골프야, 고마우이

빛의 유혹

퀴퀴한 책들이 늘어선 공부방
보름달같이 둥근 형광등 속
유리판에 엎드려 미동도 없이
고요히 수양하고 있구나

달콤한 먹이 찾아 숨어 들었나?
호기심 채우려 슬며시 찾았나?

먹이와 책들은 제쳐두고
화려한 불빛 쫓아
초대하지 않는 곳으로 찾아왔구나

황홀한 빛의 유혹에 빠져
열정어린 춤사위
짧은 환희를 위해 전신을 던져
움츠린 요가 자세로 영면했구려

오줌발 꼬치 친구야!

어릴 적 너와 나는 종종 싸웠지
코피가 터지도록 싸웠고
욕설로 자존심을 긁으며 싸웠지만
뒷날이면 웃으며 손잡고 다녔지

친구야!
학교 화장실이나 들판에서
오줌발 싸움도 많이 했었지
긴 소변통에 무사처럼 일렬로 서서
화장실 앞 창문 맞히기 싸움
파란 젊은 하늘 아래 들판에서
오줌발 십자 싸움과 멀리 보내기 싸움
지나는 구름도 빙글빙글 웃었지

꼬치 친구야!
세월이 오줌발을 뺏고 있다네
얼었던 수돗물이 한두 방울 뚝뚝 뱉어내듯
오줌발은 발등과 바짓가랑이
수시로 적시고 있다네

이제 싸움 상대는
오직 자신과의 싸움만 있을 뿐…

오줌발이 멈추기 전 우리 만나서
오줌발 싸움 한번 해 보세나
그리고, 하늘 향해 실컷 웃어나 보세

마취된 글자

카톡방에 숨어 소리 내는 까만 글자
생명력이 흘러넘친다

카톡방을 넘나들며 은근슬쩍
으시대는 요상한 마술사

천사가 튀어나오고
악마가 튀어나오고…

튀어나와 활보하는 글자들
날 선 도끼 휘두르며 달려든다

넘치는 글자 낙엽에 묻혀
잃어버린 방향 감각

몽롱한 자아를 잊어버린
허우적거리는 미아

술의 장난

저녁이면 자주자주 불러주어
언제나 반달처럼 만났지
인생 예찬가 부르며
사랑과 열정을 토했지

음률이 춤추고 눈물도 자아내며
쑥쑥 키운 우정
소망을 붙들고 너털웃음 날렸지

그토록 환대하고 가까웠던 그가
마음마저 바친 그녀가
슬금슬금 뒷걸음질하며
눈동자가 달라진다

뇌가 낌새를 차렸나
술의 장난질인가?
뭔가 이상스럽다

어떤 손수건을 매달아야 하나

인간만 하는 부부 싸움

부부 싸움 끝에
자기가 낳은 아기를 돌멩이 던지듯
아파트 아래로 던진 충격적 사건!

왜?
왜?
상상하기도 어려운 일이
현실이 되었다

동물 중에 유독 인간만이
부부 싸움을 한다지?

만물 중에 으뜸이라는 인간
생각하는 머리를 가졌고 이성이 있으며
선과 악을 고를 수 있는 인간이…

교육에 구멍이 뚫렸나?
디지털이 인간성을 앗아 간 걸까?
오로지 나만을 생각하는 이기주의 병인가?
불같이 성급한 개인 성격 탓일까?

피를 뽑는 격투기도 싸움 규칙이 있다
부부 싸움의 모델은?

욕지도 여행

팔순 친구와 욕지도에 간다
선미에서 맞이한 마파람
가슴과 머리카락 속으로
동화 속 젊음을 밀어 넣는다

동화 속에는 그때의
실수, 분노, 짜증, 질투, 슬픔…
삶의 흔적 모두가 향기 품은
꽃으로 변해 있었다

뻥 뚫린 일주도로
올망졸망 솟아난 이쁜 섬들
제멋을 풍기며
하얀 친구들 맞이한다

승진 점수 위해 근무한 섬
나보다 훨씬 젊어져 있다
별을 줍고 낙지 줍던 순이는
지금도 별을 따는지…

별들이 내려오고
바닷바람이 몰고 온 옛이야기
파도 소리 되어 재잘거리고

별들의 목소리 잦아들고
달님이 창을 두드릴 때까지
우리는 섬이 되어 바다 가운데
붕붕 떠 다녔다

봄소풍

거리마다 북적거린다
엄마 손잡고
아빠 손잡고

가늘고 여린 손끝에 달린
하얀 솜사탕
색색의 고무풍선
하늘 향해 웃고 있다

아이가 놓친 풍선 하나
노랑나비 되어
흰구름 따라 춤추며 간다

시간의 깊이

인생 잔고가 3개월 미만이라는
의사의 말이 남의 말 같지 않다

일식과 월식이 동시에 찾아왔다
구름이 멈춰 서고 바람도 침묵한다

지난 삶의 필름만 돌아간다
공책에 적어 본다
남은 시간에 해야 할 일들
남은 생은 종이 한 장이다

더 이상 적을 게 없다
잘못 산 인생일까?
3개월도 길고 긴 시간이다
시간의 깊이와 값을 모르고 살았잖니?

어쩌다
어쩌다 펼쳐 본 시집 속에
언제나 어디든 날아갈 수 있으니
시의 품속으로 오라 손짓하네

신호등

승용차로 고속 도로를 달린다
속도는 바람을 밀고
앞만 보고 달린다
주위는 볼 틈도 없다

인터체인지를 지나니 속도가 준다
노란 눈이 빤히 쳐다본다
그냥 지나쳐 버린다
생각할 틈이 없다

빨간 눈이 타이르니
은행잎이 손을 흔들고
뭉게구름 서서히 기어간다
생각할 틈이 생긴다

방해꾼이던 빨간 눈이
여유와 기다림을 깨우치며
삶의 길을 안내하고 있다

흐르는 마음

강섶을 빠져나온 냇물
지나온 길 되돌아보며
가만가만 흐른다

수많은 변화를 꿈꾸며
흐르는 마음같이
기나긴 수풀 헤치고
큼직한 바위도 비껴 다녔지

웅덩이에 갇혀
기나긴 병고도 치르고
절벽 만나 성난 폭포 되어
뜨거운 사랑도 했었지

조용한 시냇물 되어
일생 바친 낙엽 업고
석양의 손짓 따라
가만가만 흐른다

늦은 밤의 아베마리아

이른 봄
늦은 밤공기에 실려 온
애절한 섹소폰 음률

깊은 계곡 아스라이 품고 있는
은은한 물안개 같은 촉촉한 서정
전신을 적신다

파리 샤틀레 극장에서
조수미가 부른 슈베르트의 아베마리아
'저희 죽을 때에 저희
죄인을 위하여 빌어 주소서'

가슴을 파고드는 끝부분 노래
눈물샘을 사알짝 쓸고 갑니다

전국 동기회

여든 가까운 나이에
열린 전국 동기회
이마에 훈장을 주렁주렁 단
하얀 친구들이 하얗게 웃는다
이야기와 웃음을 함께 먹는다
웃음은 맛난 반찬이다

눈과 귀는 딴 세상
입만은 당당한 현실
마음과 몸이 따로인 만찬회장
일체유심조에 따르니 즐겁다

절룩춤과 곱세춤은 어떠냐
케이팝과 엇비슷하구먼!
크고 넓어진 이해심과 배려심
곱게 익는 동기생
마음은 벌써 내년에 가 있다

등산

인생살이 함께 싸서 머리에 동여매고
숨가쁜 숨길 따라 오르막길 오르면
근심 걱정 녹아내려 땀이 되어 흐른다

푹신한 솔방석 숲속에 덥석 누워
온몸으로 스며드는 솔기운 받으며
춤추는 나비 나래에 한나절을 싣는다

포근함

다정한 음성으로 포근한 향기 뿜는 당신
곁에만 있어도 스르르 녹아내려
찌들은 피곤함 말끔히 씻긴다

부드러운 미소로 편안함 선사하는 당신
맑은 푸른 기운이 흘러나와
주위의 아집과 불만을 밀친다

맑은 기운과 함께 스민 포근함
자신을 마취시킨 감사의 몫을 잘라
찌들은 마음 속속 되돌려서 뿌리고 싶다

춤추는 환상

생각의 골은 그토록 깊고 복잡하다
부끄럼과 악몽을 심어준 심연
그릇이 깨끗지 못한 허상이 있었다

과거 속의 순수한 사랑을 꿈꾼 환상
다른 이 들어올 틈 없이
주름 사이로 사랑의 밑그림을 그린다

마음의 흐름과 현실 물살 잊은 채
짤막한 시간 뒤에 오는 내리막
넓고 깊은 환상의 늪

느낌은 자기 것이고 이기적이며
자신의 환상은 시작부터 자기 것이니
제멋에 자라는 환상 속 사랑

순수를 걸친 옛사랑

이론적 배경 없는 논문
진한 감동 없어도
순수성의 깊이는 측정되리라

순수한 사랑의 인식점
자신만이 가진 기준이며 자유

깨끗한 하늘의 빗방울도 순수한가?
마음속에 숨겨진 순수한 사랑

봄비 맞아 얼굴 내민 새싹
가만히 숨겨둔 옛사랑
순수를 걸치고 걸어 나온다

넥타이핀

아주 오래전 멋으로 치장한 금 빛깔
가슴 중앙에서 반짝거린다
옛날이 몸속으로 소리 없이 들어온다

정성과 기도가 담긴 짤막한 금붙이
몸속의 오물들 묻혀내고
여심의 맑은 냄새 피부 깊이 베인다

그 맑음 만지작거리면
깨끗한 흰구름 되어
낙원 속을 평온 따라 흐른다

해변의 카페

밤공기 흐르는 해변의 카페
갖가지 모습의 사랑 향이 풍긴다
바다가 실어 온 먼 나라의 사랑 얘기들

청푸른 물 마시던 젊은 시절 생각나고
노오란 베네딕탄엔 사랑 향이 숨쉬니
바다는 사랑의 동화 담아내는 큰 그릇

큰 그릇 속에 잠겨 크나큰 생각 열리면
어둠의 향기 품은 동화 속 인어
초로의 가슴속 사랑전파 띄운다.

금수샘 은수샘 문집

교장실에 찾아온 이쁜 꼬마 손
반야암 속의 잔잔한 글 내음
당신은 부처님이요 하는 마음 흐른다

교실에서 꼬맹이들과 야생화를 키우고
지리산 친구들과 소통하며
주고받는 대화로 참사랑 키웠네

중생도 부처라는 거룩한 가르치심
금수샘 은수샘 글 속에 녹이어 잠겨
지리산 계곡 물소리 되어 맑게 맑게 흐른다

성찰하는 삶의 지평, 되찾은 순수 심상
— 하갑수 시집 『시간의 깊이』를 읽고

김 복 근(평론가 · 문학박사)

　시는 자신을 돌아보게 한다. 인간의 삶에서 앞으로
나아가는 것 이상으로 뒤를 돌아보는 일은 중요하다.
의식 있는 사람이라면 자신이 한 일을 돌아보고 생각
하는 과정을 거쳐 성찰하는 삶을 살게 된다. 성찰은
자신이 한 행동을 단순하게 돌아보는 것을 넘어 그 안
에서 의미를 찾고 익히는 과정을 말한다. 자신이 한
경험을 돌아보고 새기는 과정을 거쳐 자기반성과 사
색을 통해 새로운 통찰력을 얻게 된다. 이러한 과정을
거쳐 우리는 자신의 잘잘못을 파악하게 되고, 주어진
상황에 맞추어 반응하게 된다.

　석천 하갑수 시인의 시를 읽으면서 그가 자신의 삶
을 얼마나 치열하게 성찰하고 있는가를 확인하게 된
다. 그는 열정적이고 창조적이어서 시를 통해 자신의

과거와 현재의 생각을 정리하고 미래를 바라본다. 자신의 삶을 성찰하면서 객관화를 추구하는 사유 방식은 자신에 대한 존재 의미를 점검하고, 그 존재 가치를 확인하게 된다. 그는 자신이 살아온 삶의 잘못에 대해 고해하듯 시를 썼다. 불필요한 생각의 고리를 끊고, 현재에 집중하면서 시를 썼다. 성찰하는 삶을 기록하면서 새로운 삶의 지평을 확장하기 위해 끊임없이 노력했다. 그리하여 자신의 감정을 순수하게 정화한다. 성찰하는 삶을 투사하듯 시를 쓴 그의 순수 심상은 그가 가지고 있는 삶과 사유의 산물이라 하지 않을 수 없다.

하갑수 시인은 교육가 출신으로 인생의 경험을 먼저 하고, 정년을 한 이후 『월간신문예』 신인문학상을 통해 시단에 등단하여 시집 『뒤늦은 길』을 펴내며 문학 활동을 하는 후문학파 시인이지만, 왕성한 시작 활동으로 주목을 받는다. 그가 이번에 펴내는 시집 『시간의 깊이』는 역동적인 움직임과 지적 내밀함을 보인다. 성찰하는 삶의 지평을 통해 순수 심상을 살리고 있다. 이러한 삶의 방식을 중심으로 숨탄것들에 대한 성찰, 새롭게 움튼 열정의 씨앗, 원죄를 씻어내는 시적 에스프리, 틈이 없는 시간의 깊이 등으로 나누어 살펴본다.

1. 숨탄것들에 대한 성찰

성찰은 단순 회상이 아니라, 경험에서 배우고 익히는 삶의 과정을 깐깐하게 새기는 작업이다. 인간은 자신이 체험한 일을 돌아보면서 그 안에서 보고 배울 점을 찾고, 이를 바탕으로 더 나은 삶과 행동 방식을 모색하게 된다. 시인은 지구촌에서 일어나는 갖가지 사태를 「무서운 재앙」으로 인식하고 있다. '지구 곳곳에서', '표피를 펄펄 끓이고 찢는/ 폭염과 가뭄과의 전쟁', '지구 피부를 벗기고 쓸어가는/ 태풍과 홍수와의 전쟁', '지구 살갗을 태우고 파괴하는/ 산불과 해일과의 전쟁', '인간이 인간을 참혹하게 죽이는/ 국가 간의 전쟁'(「무서운 재앙」)을 보면서 숨탄것들에 대한 삶의 질과 행동 특성, 생태 환경에 대한 성찰적 시편들을 선보인다.

　　빵을 담아둔 종이 가방
　　행방이 묘연하여 의심받은 캐디

　　가방 속에 숨겨둔 바나나
　　지퍼 열고 훔쳐갔다

　　굿샷을 외치며 운동에 집중할 때
　　검은 망토 의젓하게 걸치고
　　카트에 숨어들어 재빠르게 훔친다

먹거리 없으면 장난을 걸어와
자기 놀이감 인양 골프공도 물고 간다

'까마귀 날자 배 떨어진다'는 누명
'까마귀 고기 먹었냐'며 건망증 취급
억울함 벗으려 보란 듯 훔치는구나

늙은 부모께 먹이도 물어주는
갸륵한 효조孝鳥라 칭송하고
오작교 되어 사랑을 이어준
높은 희생정신 우러러라

– 「까마귀」 전문

까마귀는 주변에서 흔히 볼 수 있는 조류로 우리와 친숙한 동물이다. 태양에 산다는 전설 속의 '삼족오三足鳥'는 귀한 존재로 상징되고, 까먹는다는 표현과 유사한 이름 때문에 건망증과 문맹에 비유되기도 한다. '까마귀 검다하고 백로야 웃지 마라' '까마귀 노는 곳에 백로야 가지 마라' 등 시조의 소재로 사용되기도 하면서 때로는 길조로 때로는 불길한 존재로 대우받기도 했다.

시인은 골프장에서 있었던 일화를 까마귀와 연관시켜 노래한다. 그 까마귀는 '빵을 담아둔 종이 가방'과 '가방 속에 숨겨둔 바나나'를 훔치기도 하고, '먹거리 없으면 장난을 걸어와/ 자기 놀이감 인양 골프공도 물고' 기기도 한다. '까마귀 날자 배 떨어진다'는 누명과 함께 '까마귀 고기 먹었냐'는 건망증 취급에서 벗어나기 위해 훔친다는 서사를 곁들인 표현으로 시 읽기의 재미를 더한다. 우리 역사는 '늙은 부모께 먹이도 물어주는/ 갸륵한 효조孝鳥라 칭송하고/ 오작교 되어 사랑을 이어준/ 높은 희생정신 우러러라'는 역설적 화법으로 표현한다. 이를 통해 화자는 인간의 가치판단에 의해서 까마귀의 존재를 재단하는 우를 범하지 않았으면 하는 마음을 보인다. 까마귀는 정력에 좋다고 하여 수십만 원에 밀거래되면서 씨가 마를 뻔한 적도 있고, 떼를 지어 몰려다니다 배설물 피해로 배상의 대상이 되기도 하면서 인간에 의해 숨탄것의 존엄성과 생명 가치가 손상되기도 했다. 이에 대한 성찰을 요구하는 시로 읽힌다.

비상시국이다

바깥 출입을 자제하라는
카톡 계엄령이 내려졌다

폭염 당국의 허가증을 들고
겨우 바깥 출입을 한다

문밖엔 불칼 든 병사들

바글거리며 떼 지어 위협하고…

길거리엔 지친 차량만 엉금엉금
사람들은 별반 보이지 않는다

거실서 함께 노닐 영상 친구 위로 속
한나절을 훔친다

비상시국에 불어오는 시원한 바람
파리 올림픽에서 날아온 금은동 보석 바람

불칼 든 병사도 쓰러져 졸고 있다
—「폭염」 전문

숨탄것에 대한 성찰은 「폭염」에 오면 더욱 절실하게
이어진다. 마치 현시점의 계엄 정국을 예견이라도 한
듯 '비상시국이다// 바깥출입을 자제하라는/ 카톡 계
엄령이 내려졌다' '폭염 당국의 허가증을' 받아야 '겨우
바깥출입' 할 수 있다. '문밖엔 불칼 든 병사들'이
'바글거리며 떼 지어 위협하고' '길거리엔 지친 차량만
엉금엉금/ 사람들은 별반 보이지 않는다'면서 더위에
의한 계엄 상황을 리얼하게 묘사한다.

폭염은 기온이 높아 심각한 더위로 일상생활에 지
장을 주는 상태를 말한다. 한밤에는 열대야가 되기도
한다. 최근 우리나라의 폭염은 소위 말하는 '찜통더위'

이다. 높은 습도와 온도가 동시에 발생해서 외출하기도 어려운 지경이 된다. 말 그대로 푹푹 찐다는 말이 어울린다. 사람이나 동물들은 온열질환을 일으킬 정도이다. 여름철 무더위가 오면 행정당국에서는 야외 활동을 자제하고, 장시간 외출을 할 때는 충분한 휴식과 물 섭취를 통해 건강을 유지하라는 폭염주의보 안전안내문자를 발령받게 된다. 화자는 이러한 상황을 계엄 정국에다 비기는 남다른 개성을 발휘한다.

이 작품은 더워서 견디기 힘든 상황을 계엄 정국에 빗대다가 후반부에서 다소 엉뚱하게 반전한다. '비상 시국에 불어오는 시원한 바람'이 바로 '파리 올림픽에서 날아온 금은동 보석 바람'이라는 것이다. 그 바람에 '불칼 든 병사도 쓰러져 졸고 있다'니 메달 소식에 잠을 자지 못한 사람들이 낮에 졸고 있는 모습을 실제 상황의 계엄과 견주어 알레고리로 비유한 것이다. 최근에 일어난 계엄에 앞서 이러한 상황을 노래한 시인의 예지력을 볼 수 있는 가작이다.

숨탄것에 대한 그의 관심은 다양하게 표출된다. '무슨 불만이 그리 많아/ 밤새도록 울부짖고 있느냐?'라고 묻기도 하고, '수련이 떠 있는 고향 연못/ 홀로이 걷'(「맹꽁이 합창단」)기도 한다. 지구온난화로 인해 '성질 급한 붉은 영산홍'이 '외출복'을 '갈아입고'(「벚꽃 축제」) 외출한다는 비유적 표현과 「매미1」를 보면서 '살랑바람 지휘에/ 떼창으로 존재 의미'에 대한 현실적인 문제를 꼬집기도 한다. 그러나 그의 시선이 부정적인 것만은 아니다. '터져 갈라진 마디마디'에서 '불그스레 솟아 오른 꽃봉오리'를 보면서 '시류에 물들지 않는 올곧은 선비의 표상'을 느끼면서 '시회詩會를 열고' '고운 시 한 수'(「고매」)를 읊조리기도 하고, '파랗게 펼쳐진 크나큰 무대'를 보며 '티 없는 하얀 구름'(「하얀 구름의 연출」)이 연출하는 연극을 보는 여유로움을 보이기도 한다.

2. 새롭게 움튼 열정의 씨앗

하갑수는 열정적인 시인이다. 그는 무슨 일이든지 시작하면 끝을 보는 사람이다. 그가 보여주는 삶의 방식은 「연탄불」에 잘 나타난다. '그대는 엄청난 열정을 오랫동안 태우고/ 색깔만 변할 뿐 형상은 그대로다// 부러워할 불꽃이/ 스르르 감기어질 때/ 구멍이 딱 맞는/ 자식에게 불씨를 이어'준다고 노래한다. 그랬다. 그는 전 생애를 열정과 함께 살았다고 해도 과언이 아니다. 이런 삶의 방식은 그가 추구하는 시 세계에서도 여실하게 드러난다.

> 살아오며 남몰래 쌓은 부끄런 일
> 내가 나에게 고해성사를 합니다

가족과 떨어져 혼자 기거한 시절
생기 넘친 情이 잠시 외출하여
마음에 남모르는 비밀의 창이 생겼지요

새어나간 못난 情
오래지 않아 주인에게 들켜
금 간 情 붙이는데 쏟은 시간들…

情의 얼굴 바꾸는 모진 세월
활어같이 파닥거린 정
사과처럼 향긋한 정
김치 속같이 발효된 정
물 먹고 되살아나는 고사리 같은 정

두터운 신뢰의 정 쌓인 갑옷 입으라고
굴곡진 주름이 오밀조밀 나무랍니다
　　　　　　　　　－「잠시 외출한 情」 전문

　열정은 인생을 끌어가는 촉매이다. 사업을 시작하
거나 어떤 일을 추진하고, 예술 작품을 만들면서 성과
를 나타내게 하는 원동력이 된다. 그러나 자칫 실수하
면 고통과 비탄을 부르는 파괴적인 사안이 될 수도 있
다.
　화자는 「잠시 외출한 情」에서 과거에 자신이 저지른
잘못에 대해 '고해성사를' 하듯 시를 썼다. 사람은 실수할 수 있다. 그러나 그것을 글로 나타내기는 쉽지 않다. 열정적으로 살다 보면 남모르는 비밀이 생길 수 있으며, 그 비밀로 인하여 갈등이 유발될 수도 있다. 시인은 순수하고 솔직 담백하다. '가족과 떨어져 혼자 기거한 시절/ 생기 넘친 情이 잠시 외출하여/ 마음에 남모르는 비밀의 창이 생겼'다고 한다. 그 비밀은 오래 가지 못하고 곧바로 들키게 된다. '情의 얼굴'을 바꾸기 위해 '모진 세월'을 참고 견뎌야 했다. 정의 종류도 많다. 활어같이 파닥거린 정, 사과처럼 향긋한 정, 김칫속같이 발효된 정, 물 먹고 되살아나는 고사리 같은 정'을 '두터운 신뢰의 정'으로 다시 쌓기 위해 무장한 마음에 '갑옷'을 입겠다는 것이다. 세월이 흘러 잘못은 '굴곡진 주름이' 되어 '오밀조밀'하게 자신을 나무란다. 인생이라는 긴 여정에서 뼈아픈 과거의 실수를 껴안고, 자신의 성장에 필요한 자양분으로 가열한 삶의 의지로 승화하는 양상을 보인다.

이 옷보다 저 옷이 좋겠네
술은 쬐끔만 마시고 담배는 끊어요
목소리가 크니 음성을 낮추세요
어머님이 환생하셨다

나이 들면 단백질이 중요하니
돼지고기도 먹고
야채와 과일은 필수이니 외면 말고

계란은 완전식품
두 개 이상은 꼭 먹어요
어머님이 환생하셨다

매일 매일 바쁘다
합창 연습, 기타 공부, 아카디온 연주
수영까지 열심이다
자기 일에 빠진 날
어머님도 빠진 날

- 「어머니의 환생」 전문

「어머니의 환생」에서 시인은 열정이 과해 일어난 과거의 잘못을 새 삶의 자양분으로 승화시키려는 양상을 보인다. 어머니로 환생한 사람이 누구인가. 옆지기가 자신이 하는 일에 일일이 참견해도 묵묵히 감내한다. '이 옷보다 저 옷이 좋겠네/ 술은 쬐끔만 마시고 담배는 끊어요/ 목소리가 크니 음성을 낮추세요'. 그뿐만 아니다. '나이 들면 단백질이 중요하니/ 돼지고기도 먹고/ 야채와 과일은 필수이니 외면 말고/ 계란은 완전식품/ 두 개 이상은 꼭 먹어요' 등 사안 하나하나에 끼어들어 일일이 아는 체하거나 간섭하면서 참견하지만, '어머님이 환생하셨다'라며 순수하게 받아들이고 있음을 본다. 어머니로 환생한 아내가 바빠 '합창 연습, 기타 공부, 아카디언 연주'를 위해 외출이라도 하는 날이면 아이처럼 해방이라도 된 듯 자유를

구가한다. 나이 들면 순수해진다는 사실이 마음의 움직임을 따라 해학적으로 드러난다.

아버지는 무학이셨다
아버지 학력이 언제나 부끄러웠고
내 인생에 좋은 멘토가 아니라고 믿었다

머리에서 발끝까지 부지럼 다발
전신에 덮어쓰고 사신 분

무거운 지게 짐을 뒤에서 밀어주고
언제나 땀에 젖은 옷 냄새 맡으며
우물가에서 등물 적셔 준 추억
흙 빛깔 살냄새를 맡고 자란 청소년
                    ─「아버지 유산」앞부분

첫 시집 안고 제주도 간다
자식들이 만들어 준 크나큰 호강
몸과 마음이 하얀 구름이 되었다

고마운 동반자와 함께 걷는 올레길
살아온 여정만큼 무릎이 시리다
                    ─「여든 여행」앞부분

시인의 가족애는 유별하다. 그 증거는 가족에 대한 시편들이다. 긍정이든 부정이든 자신의 삶을 사실대로 나타내는 일은 쉬운 일이 아니다. 그러나 시인은 「아버지 유산」에서 '아버지'가 '무학'이어서 '아버지 학력이 언제나 부끄러웠고/ 내 인생에 좋은 멘토가 아니'라고 생각한 적이 있다며, '머리끝에서 발끝까지 부지럼 다발/ 전신에 덮어쓰고 사신 분'이었음을 회상한다. 한스러움에 '학력을 갖춘 내가 아버지'가 되었지만, 오히려 '자녀에게 적절한 멘토 되지 못하고/ 속 차지 않은 배추 같은 삶을 살고 있'다며 아쉬워한다. 정직한 삶을 살면서 '흙의 가르침에 순응하신 근면한 삶/ 자연의 순리와 상식을 믿고 따른/ 묵언 속에 남긴 크나큰 유산'을 받았음을 깨닫고 있다.

「여든 여행」에서는 자녀와 아내와의 일화를 적고 있다. 첫 시집 펴냈을 때의 감동을 '첫 시집 안고 제주도 간다'. '자식들이 만들어 준 크나큰 호강'으로 '몸과 마음이 하얀 구름이 되었다'며 기꺼워한다. '동반자와 함께 걷는 올레길'을 가면서 '살아온 여정만큼 무릎이 시'려옴을 느낀다. '서귀포항에서' '낙조'를 보기도 하고, '성효원 꽃길'에서 '젊음'을 되새기기도 한다. '화산 분화구'를 보며, 젊은 시절의 강박 열정에 의해 '동반자 가슴에 파인 구멍'을 돌아보며, 아내의 '주름진 손등'을 '가만히 만져'본다. 사무엘 울만의 「청춘」을 읊조리며 '새롭게 움튼 열정의 씨앗'을 되새기기도 한다.

'하루하루 생활들이 역사를 창조하듯/ 처음의 순수한 마음 보듬으며 엮'(「서약」)어 나가겠다고 다짐한다.

'조수미가 부른 슈베르트의 아베마리아'를 들으면서 '눈물샘'(「늦은 밤의 아베마리아」)이 젖기도 하고, '가슴 깊이 숨겨둔 마음/ 술 취해 슬쩍 들'(「들킨 마음」)키기도 한다. '9회 말 홈런에 일제히 기립 함성 터지듯/ 한꺼번에 꽃' 피우는 「벚꽃의 반란」을 보면서 '새 식구 맞은 화분 속 여러 친구/ 잎 벌려 환호하고 온몸을 흔든다'(「텅 빈 화분」). '모든 것 가슴에 품고 품어/ 쉼 없이 공연을 펼치는 너'(「만인의 연인」)를 보며, 가슴에는 새롭게 열정의 씨앗이 움을 틔운다.

3. 원죄를 씻어내는 시적 에스프리

원죄는 주로 기독교에서 사용하는 말이다. 성경에 등장하는 아담과 이브가 하느님이 금한 선악을 알게 하는 열매를 먹으면서 발생하였다는 죄를 의미한다. 화자가 말하는 원죄는 전통적인 표현으로 자신이 지은 죄가 아니라 원초적 죄이며, 짊어진 죄라는 의미를 포함한다. 인간이 죄를 지을 때는 자기 판단만으로 죄를 짓지 않는다. 내면적인 사고에 의해 옳은 것이 무엇인지 알면서도 어떤 죄를 짓게 되는 행위를 하게 됐다. 그리고 그 죄를 사하기 위해 속죄하는 마음으로 시를 쓴다.

인간은 태어나는 그 시간부터 원죄의 굴레를 쓰니
구원받기 위해 종교에 위탁하나 보다
일흔을 더 넘은 시간들을 흘날려 보내면서
수많은 죄의 덫에 걸려 있으니

무의식과 의식의 구별도 없이
황토물에 담겨진 입술의 나불거림
무수한 죄들을 뿜어 내기에 바빴다

초조한 영혼에 꽃 한 송이 새롭게 틔우고
내 속 모든 찌꺼기 가라앉혀 보려는
갈망을 담는다

내 영혼 어루만질 하얀 마음
바다가 되고 꽃망울이 된다

– 「원죄原罪」 전문

인간은 원죄가 있지만, 처음부터 타락한 것은 아니라고 한다. 본래 타락한 존재이지만, 부분적으로 내재하는 의로움이 있다는 것이다. 여기에 의미를 더해서 어떤 인물, 조직 등이 과거에 씻기 힘든 죄를 저질러서 오랫동안 속죄하고, 그 대가를 치러야 할 때 원죄라는 표현을 쓰기도 한다.

시인은 「원죄原罪」에서 '인간은 태어나는 그 시간부터 원죄의 굴레를 쓰니/ 구원받기 위해 종교에 위탁'하는 것으로 추론한다. 저 오랜 시간을 보내면서 '수많은 죄의 덫에 걸려 있'다면서, '무의식과 의식의 구별도 없이/ 황톳물에 담겨진 입술의 나불거림/ 무수한 죄들을 뿜어 내기에 바빴다'는 것이다. 그리고 '초조한 영혼에 꽃 한 송이 새롭게 틔우고/ 내 속 모든 찌꺼기 가라앉혀 보려는/ 갈망을 담'아낸다. 드디어 '내 영혼 어루만질 하얀 마음/ 바다가 되고 꽃망울이 된다'고 했다. 잘못을 저지른 대가로 타인에 의한 처벌과는 별개로 스스로 선행함으로써 깊은 반성을 수반하는 행위를 의미화하여 지난날의 죄나 과오를 씻어내려는 관념으로 읽힌다.

어릴 때 즐긴 그림자밟기 놀이
잡히지 않게 돌고 돈 운동장
밟힌 그림자는 퇴장되었다

긴 세월 잊어버린 그림자
세월이 그림자를 불러낸다

남모르게 스스로 만든 그릇된 그림자
마음 한쪽에 웅크려 잠자다
불쑥불쑥 튀어나온다

공직 생활 중 몰래 받은 뒷돈 그림자
여인에게 행한 장난 같은 성추행 그림자
술취해 상대 가슴에 던져진 망언 그림자

수많은 그림자 그림자 그림자

가만히 혼자 하는 그림자밟기 놀이
숨은 그림자 하나하나 잡아내어
제사 지방 사르듯 태워야지

－「숨은 그림자」 전문

속죄는 과거에 저지른 문제 행동을 처치하기 위한 통과의례가 아니라, 잘못 또한 자신의 일부분임을 인정하고, 같은 과오를 되풀이하지 않겠다는 다짐을 겸허하게 수용해야 한다.

시인은 「숨은 그림자」에서 '어릴 때 즐긴 그림자밟기 놀이'를 회고한다. '잡히지 않게 돌고 돈 운동장'에서 '밟힌 그림자는 퇴장'한 것으로 알았는데, '긴 세월 잊어버린 그림자'를 '불러낸다'. 아무도 몰래 '스스로 만든 그릇된 그림자'가 여기저기서 '불쑥불쑥 튀어나온다.' 그 그림자는 '뒷돈 그림자' '성추행 그림자' '망언 그림자' 등 '수많이' 많은 '그림자'로 나타난다. 오랜 세월이 흐른 지금 화자는 '혼자' '그림자밟기 놀이'를 재개한다. '숨은 그림자'를 '하나하나 잡아내어' '제사 지방 사르듯 태워'버리겠다고 다짐한다.

속죄한다고 죄가 완전히 소멸하는 것은 아니겠지만, 화자는 젊은 시절 죄의식도 없이 행한 갖가지 잘못을 반추하고 성찰하면서 정화된 순수 심상을 시로 형상화하는 가열함을 보인다.

  '이른 아침 눈을 뜨면/ 시 한술을 먹(「공복에 먹는 시한술」)기 시작하여 사유思惟의 강물에/ 낚싯대를 드리'(「강물에서 낚은 시어」)우기도 한다. '모임 일시 적어 놓고/ 시 감상에 빠져 놓쳐 버'리기도 하고, '아내와 약속 시간 정해 두고/ 친구와 시낭송에 빠'(「어쩌다가」)지기도 한다. 심지어 「도다리쑥국」을 먹다가도 '몽글몽글 피어오르듯/ 봄 시 한 수 피워 올릴/ 구상에 젖'기도 한다. 진정한 의미에서 완전하게 정의롭고 착한 인간은 없다. 누구든지 잘못을 저지를 수 있고, 그 잘못에 대해 속죄할 수 있다. 나아가 화자는 속죄를 시로 승화시키는 참된 의미의 시적 에스프리를 보이면서 삶을 갈무리하고 있다.

4. 틈이 없는 시간의 깊이

  시간은 관념이다. 사전은 시간을 과거, 현재, 미래로 이어져 머무름 없이 일정한 빠르기로 무한히 연속되는 흐름이라고 설명하지만, 명쾌하게 이해하기 어렵다. 종교, 철학, 과학, 문학에서 오랫동안 중요 주제로 다루고, 직접 사용하고 있으나 그 개념 정리는 두리뭉실하다.

  시간 단위는 오랫동안 사건들 사이의 틈과 그 지속

기간에 대한 양으로 생각되었다. 예를 들어, 규칙적으로 발생하는 사건들과 하늘을 가로질러 지나가는 태양의 운동, 달이 차고 기우는 변화, 진자의 진동처럼, 명백하게 주기적으로 운동을 하는 물체들을 시간의 단위에 대한 표준으로 사용했다. 시간은 새로운 의미로서의 중요한 탐구 대상으로 다루어진다.

강섶을 빠져나온 냇물
지나온 길 되돌아보며
가만가만 흐른다

수많은 변화를 꿈꾸며
흐르는 마음같이
기나긴 수풀 헤치고
큼직한 바위도 비껴 다녔지

웅덩이에 갇혀
기나긴 병고도 치르고
절벽 만나 성난 폭포되어
뜨거운 사랑도 했었지

조용한 시냇물 되어
일생 바친 낙엽 업고
석양의 손짓 따라
가만가만 흐른다

－「흐르는 마음」 전문

여기서 '냇물'은 '화자 자신'을 의미하고, '마음'은 '시간'을 상징한다. 굴곡진 삶을 살아온 화자가 저 **빠른** 시간의 흐름 속에서 '강섶을 빠져나온 냇물'이 되어 '지나온 길 되돌아보며/ 가만가만' 흘러간다. 화자는 존재의 본질과 방향을 찾기 위해 노력했다. 삶의 의미를 묻는 것이야말로 인간을 인간답게 만든다. 그는 '수많은 변화'를 '꿈꾸며' '흐르는 마음같이/ 기나긴 수풀'을 헤치고 '큼직한 바위도 비껴 다녔'다고 반추한다. 때로는 '웅덩이에 갇혀/ 기나긴 병고도 치르고/ 절벽 만나 성난 폭포 되어/ 뜨거운 사랑도 했'다고 술회한다. 세월은 흘러 어느덧 노년을 맞이한 화자는 '조용한 시냇물'처럼 '일생 바친 낙엽 업고/ 석양의 손짓 따라/ 가만가만 흐른다'면서, 시간의 흐름에 대한 관념을 물의 흐름에 비기어 마음의 흐름으로 구체화한다.

승용차로 고속 도로를 달린다
속도는 바람을 밀고
앞만 보고 달린다
주위는 볼 틈도 없다

인터체인지를 지나니 속도가 준다
노란 눈이 빤히 쳐다본다
그냥 지나쳐 버린다
생각할 틈이 없다

빨간 눈이 타이르니
은행잎이 손을 흔들고
뭉게구름 서서히 기어간다
생각할 틈이 생긴다

방해꾼이던 빨간 눈이
여유와 기다림을 깨우치며
삶의 길을 안내하고 있다

- 「신호등」 전문

현대는 속도의 시대이다. 사람들은 빠른 것을 선호하고 느린 것은 멀리한다. 속도가 몸에 배어 느린 것은 견디기가 힘이 든다. 무엇이든지 빨리해야 하는 습성이 몸에 배었다. 빨리빨리 문화는 짧은 시간에 성과를 얻을 수 있지만, 자칫하면 과정을 무시하고 결과만을 중시하는 잘못을 범하기 쉽다. 빠른 성과를 위해 반칙하거나 필요한 절차와 과정을 생략한다. 기본과 원칙을 무시하기 쉽다. 「신호등」은 이런 현실 문제에 대해 경고하면서 여유를 가지라 한다.

'승용차로 고속 도로를' 달려보라. '속도는 바람을 밀고/ 앞만 보고 달린다/ 주위는 볼 틈도' 여유도 없이 달리다가 '인터체인지를 지나니 속도가 준다' '노란 눈이 빤히 쳐다본다' 그렇거나 말거나 '그냥 지나쳐 버린다/ 생각할 틈이 없다'. 드디어 '빨간 눈이' 나타난다.

깜짝 놀라 속도를 줄이니, '은행잎이 손을 흔들고/ 뭉게구름 서서히 기어'가는 모습이 보인다. '생각할 틈이 생긴다' 그리하여 '여유와 기다림을 깨우치며/ 삶의 길을 안내하고 있'음을 보게 된다.

지금까지 우리는 앞만 보고 달려왔지만, 이제는 여유를 갖고 자신을 되돌아볼 때가 됐다. 화자는 기본과 원칙을 중시하면서 이해와 느긋함으로 은근과 끈기의 미덕을 살리는 숙성의 시간이 요구됨을 메타포로 깨치게 한다.

인생 잔고가 3개월 미만이라는
의사의 말이 남의 말 같지 않다

일식과 월식이 동시에 찾아왔다
구름이 멈춰 서고 바람도 침묵한다

지난 삶의 필름만 돌아간다
공책에 적어 본다
남은 시간에 해야할 일들
남은 생은 종이 한 장이다

더 이상 적을게 없다
잘못 산 인생일까?
3개월도 길고 긴 시간이다
시간의 깊이와 값을 모르고 살았잖니?

어쩌다
어쩌다 펼쳐 본 시집 속에
언제나 어디든 날아갈 수 있으니
시의 품속으로 오라 손짓하네

– 「시간의 깊이」 전문

　사람들은 나이를 먹으면 나이에 비례하여 시간이 빠르게 지나간다고 한다. 이에 대해 흥미로운 실험을 한 사람이 있다. 바로 심리학자 퍼거스 크레이크Fergus I. M. Craik는 나이가 들수록 생체시계가 느려져 외부 시간이 더 빨리 흐르는 것처럼 느낀다고 설명한다.

　여든을 살다 보면 분초가 아깝다. 화자는 「시간의 깊이」에서 '인생 잔고가 3개월 미만이라는/ 의사의 말이 남의 말 같지 않다'고 진술한다. '일식과 월식이 동시에 찾아왔다/ 구름이 멈춰 서고 바람도 침묵한다' 지나간 '삶의 필림만 돌아간다' 지나간 삶을 반추하면서 '남은 시간에 해야 할 일들'을 메모해 본다. 남아있는 삶은 겨우 '종이 한 장'에 불과하다. '3개월도 길고 긴 시간'인데 그 '시간의 깊이와 값을 모르고 살았'다는 것이다. '어쩌다 펼쳐 본 시집 속에/ 언제나 어디든 날아갈 수 있으니/ 시의 품속으로 오라'고 '손짓'을 한다. 시를 경배하고 있는 시인의 내면세계를 알 수 있게 하는 구절이다.

사실 시간은 일정한 속도로 흐르지만, 나이가 들거나 관심이 집중할 때, 더 빠르게 흘러가는 것으로 느끼게 된다. 화자의 경우 틈이 없는 「시간의 깊이」를 자로 재듯이 헤아리며 살고 있다. 그만큼 그에게 주어진 절대시간은 소중한 개념으로 다가온다.

지금까지 석천 하갑수 시인의 시를 주마간산 격으로 살펴봤다. 그는 자신의 삶을 소중하게 받아들이기 위해 반추하고 성찰하며, 현재와 미래의 삶에 고해하듯이 시에 집중하는 모습을 보인다. 상품에 명품名品이 있는 것처럼 인간의 삶에도 품격品格이 있다. 품격 있는 자기의 삶을 갈무리 하면서 시인은 자신에게 주어진 삶의 지평을 확장하기 위해 노력한다.

순수하고 진솔한 그의 심상과 시적 영감이 참 아름답다.